KB172734

복을 짓는 리더의 삶

복을 짓는

LIFE OF LEADER

리더의
삶

성창운 지음

프롤로그

21세기 문명과 과학기술은 최첨단으로 가고 있지만 삶의 행복 지수는 급격히 떨어지고 사람간 불신의 장벽은 요동치며 높아지고 있습니다. 점점 각박해져 가는 사회적 문화현상을 보며 탄식과 안타까움을 금할 길이 없습니다. 이런 곤경의 시대에 '가장 필요한 것이 무엇일까?'를 깊이 고민하게 되었고 삶에 지친 사람들의 마음을 위로해 주는 희망의 통로가 되고자 만든 것이 봉숭아학당 문화 혁신학교입니다.

봉숭아학당 문화혁신학교를 운영해 온 지가 어느새 10년이 흘렀습니다. 돌아보면 참 감사한 시간들입니다. 조직의 임원으로 사내 강사로 활동하며 13년 동안 전국을 돌면서 찜질방 생활을 했던 가장 힘든 시간 속에서 깨달은 이야기가 많습니다. 때로는 고난과 연단도 있었습니다. 그러나 그 모든 것들이 지금의 내가 되기 위한 과정이었고 덕분에 사람을 더욱 귀하고 소중하게 여기며 인맥 수집가가 되어 봉숭아학당 문화혁신학교를 키워 왔습니다.

매일 아침 봉숭아학당 문화혁신학교 가족들에게 꿈과 희망을 키울 수 있는 메시지를 보내 온 것 또한 10여 년의 세월입니다. 『복을 짓는 리더의 삶』은 부족한 글이지만 그중 일부를 모아 용기를 내어 책으로 엮게 되었습니다.

우리는 자신이 바라는 것과 간구하는 것을 얻기 위해 스스로 무엇을 할 것인가를 생각하기보다 달라고만 기도합니다. 달라고 하기 전에 내가 무엇을 내놓을 것인가를 생각하는 것, 그것이 바로 복 짓는 리더입니다. 달라고만 간구하는 것은 구걸하는 인생입니다.

이 책에서는 짧은 글이지만 '복 짓는 리더의 삶'이 어떤 것인지 알고 그 삶이 디지털 시대의 양극화로 개인화와 이기주의가 난무하는 이 시대의 빛과 소금이 되어 더 나은 세상으로 만들어 가는 데 어둠을 밝히는 촛불이 되고자 합니다.

이 책이 탄생하기까지 봉숭아학당 문화혁신학교 가족들의 관심과 무한한 사랑이 있었습니다. 늘 응원군으로 함께 동행해 준 문우택 대외협력 본부장, 밤을 세우며 캘리그라피 글을 써 준 임창배 단장의 도움이 컸습니다. 그리고 인생 멘토로 모시고 있는 김용진 박사님, 김정태 회장님,

서재균 교수님께서 기꺼이 추천사로 축하와 응원을 보내 주셔서 천군마마를 얻은 듯 큰 힘이 되었습니다.

특히, 이 책이 나오기까지 저자의 60세 생일 선물이 될 수 있도록 처음부터 끝까지 기획과 편집으로 각고의 노력과 헌신을 쏟아 주신 오행자 교수에게도 감사의 마음을 전합니다.
고맙습니다. 사랑합니다.

봉숭아학당 문화혁신학교 총장 태봉 성창운

태봉 성창운 총장님 옥저

축 ♪ 축하축하 옥저발간 우리들은 행복하네

태 ♪ 태양기운 에너지로 이세상에 탄생했다

봉 ♪ 봉사정신 투철하여 만인들이 칭송하네

성 ♪ 성공신화 이루어서 그혜택이 온누리로

창 ♪ 창의적인 긍정사고 일취월장 만사형통

운 ♪ 운명창조 1분 1초 행복노래 참즐겁네

총 ♪ 총화단결 봉숭학당 웃음꽃이 만발하고

장 ♪ 장미보다 아름다운 그마음이 포근하네

님 ♪ 님의큰뜻 펼쳤으니 수복강녕 누리소서

옥 ♪ 옥은최고 보석의왕 찬란하게 빛나리라

저 ♪ 저녁노을 아름답듯 우리인생 참행복해

태봉 성창운 총장님의
옥저발간을 진심으로 축하합니다

2023. 7월 김용진

幸福을 기원합니다
김용진

7

추천사

가까이하면 복이 되는 사람
사람에게는 공평하게 복이 들어온다.
그 복을 잘 잡느냐 못 잡느냐에 따라 인생이 좌우된다.

즉 나에게 복을 주는 사람을 만날 수 있는가다.
어떻게 하면 되는가?
복 짓는 리더를 만나면 된다.

그런 사람은 어디에 있는가?
그 해답을 복 짓는 리더에서 찾아보자.
그 해답을 성창운 총장의 삶에서 찾아보자.
그리고 본받아 행하여 보자.

나폴레옹은 말했다. "우리가 어느 날엔가 마주칠 재난은
우리가 소홀히 보낸 어느 시간에 대한 보복이다."

우리가 고민할 것은 왜 나는 인복이 없을까가 아니다.

나보다 남을 위하는 일로 복을 짓고, 겸손한 마음으로 덕을 쌓는 것이다.

한국멘토링협회 천각 김정태 회장

추천사

잠을 자려면 집을 지어야 하고,
의복을 입으려면 옷을 지어야 하고,
식사를 하려면 밥을 지어야 하듯이
우리말에 짓는다는 의미는 생명 연장과 밀접한 뜻을 내포하고 있습니다.

마찬가지로 福 받으려면 복을 지어야 합니다.

汎愛衆而親仁 行有餘力 則而學文(범애중이친인 행유여력 칙이학문)
사람을 널리 사랑하고 어진 이를 가까이하며
이것을 모두 실천하고 힘이 남으면 글을 배운다라고
논어에서는 우리에게 가르침을 주고 있습니다.

저자는 평범한 사람들을 널리 사랑하고 숨은 재능을 찾아내어 강사로
지도자로 교육하는
논어의 가르침을 실천하는 보기 드문 교육자입니다.

이번에 세상에 나온 『福을 짓는 리더의 삶』은 시의적절하게 리더들에게

귀감이 되므로
일독을 강력히 추천하는 바입니다.

다시 한번 귀한 저서를 준비한 저자의 노고에 존경과 감사를 드립니다.
사랑합니다.

友利 서재균

여의도정치아카데미 원장

비움대학 학장

샌프란시스코주립대AMP 석좌교수

1장

조직을
성공으로
이끄는 리더

비움

물은 고이면 썩습니다.
바람도 불지 않으면
존재 가치가 없습니다.

햇빛을 너무 많이 받으면
살갗을 태우기도 합니다.

사랑도 너무 담으면
나중에 애증이 됩니다.

모든 것은 과하게 담아 두면
썩어서 결국 질병과 노화의
원인이 됩니다.

물은 흐르고
구름도 바람 따라
흘러야 아름답습니다.

우리의 마음속에
미움이나 원망,

두려움과 불안은 흘려보내야 합니다.

사랑과 낭만
감사와 기쁨마저도 흘려보내야 합니다.
그것이 진정한 비움입니다.

비우고 흘려보낼 때
우리의 몸과 영혼이 아름답습니다.

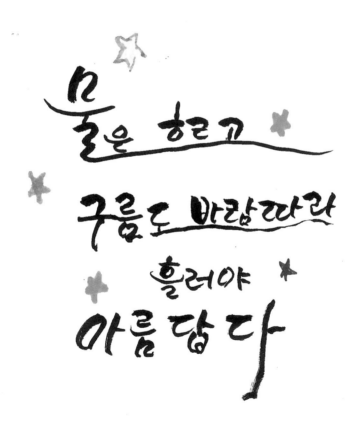

성공과 행복

우리는 성공이라는 이름에
익숙해져 있습니다.
성공하기 위해서는
경쟁해서 이겨야 하지요.

경쟁에서 이긴다면
성공이라는 명성은 얻을 수 있을지 몰라도
행복과는 가까워지기가 어렵습니다.

몸이 아파서 쉬고 싶어도
경쟁에서 질까 봐
불안해서 쉴 수가 없습니다.

구름은 흘러가다 멈추기도 합니다.
바람도 불다가 잠시 멈추기도 합니다.
졸졸 흐르는 시냇물은
걸림돌이 생기면 돌아갑니다.

타인과 비교하기보다
어제의 나와 비교해서

한 발 앞으로 나아가고 성장했다면

그것이 성공과 행복

두 마리의 토끼를 잡는 일거양득입니다.

진정한 성공이란

타인과 비교하지 않고

어제의 나와 비교해 조금 더 나아지는 것이다.

모든 일에는 때가 있다

사람을 얻으려면
기다릴 줄 아는 인내심이 있어야 합니다.

답답하고
부족함이 있고
뜻이 안 맞는다 해도
인정해 주고 기다려 줄 때
큰 사람을 얻을 수 있습니다.

삶의 모든 것은
때가 있다고 말하는 것입니다.

무슨 일이든 마음이 조급해지면
될 일도 안 되고
모든 것이 어긋날 때가 많습니다.

'그러려니!' 하고
때를 기다리는
마음의 여유로움을 가질 때
삶이 더욱 기품 있고 아름다워집니다.

사람을 얻으려면
기다릴 줄 아는 인내심이 있어야 한다.

사람의 마음을 얻는 법

"사람의 마음을 얻으면
천하를 얻는다."고 합니다.
그만큼 사람의 마음을 얻는 것은 어렵습니다.

천하를 얻기 위해서는
사람의 마음을 얻어야 하는데
어떻게 사람의 마음을 얻을 수 있을까요?

먼저 내 마음의 문을 여는 것입니다.
그리고 상대방이 마음의 문을 열 수 있도록
칭찬하는 것입니다.

칭찬은 고래도 춤추게 하듯이
칭찬은 상대의 마음을 춤추게 합니다.

잘했다.
고맙다.
대단하다.
덕분이다.
힘을 주는 언어는 상대의 마음의 문을 여는

열쇠가 되어 마음을 얻고 결국 천하를 얻게 됩니다.

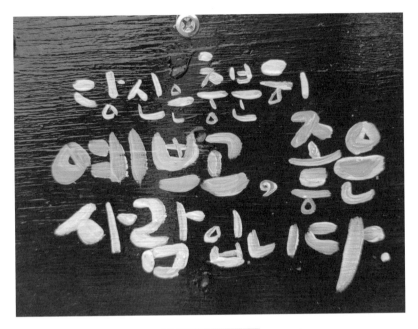

사람의 마음을 얻으면
천하를 얻는다.

잘못된 선택은 없다

우리는 살면서
매 순간 선택을 하게 됩니다.
선택의 순간에는
잘한 일이라고 믿고 하지만
세월 속에서
"내가 왜 그런 바보 같은 선택을 했을까?" 하고
후회를 하기도 합니다.

그 선택의 순간에는
일이 잘될지 잘못될지 아무도 모릅니다.
확률은 반반입니다.
우리가 옳은 선택이라고 믿었던
그 순간에는 최선의 선택을 했을 뿐입니다.
괜찮습니다.

좋은 결과는 옳은 선택을 했다는
확신이 있어서 좋고
좋지 못한 결과는
그것을 통해 배우고
깨달을 수 있기 때문입니다.

결국 지금 어떤 모습이든

참 잘하고 있는 것입니다.

지금 어떤 모습이든

당신은 참 잘하고 있다.

선택과 집중 1

리더라면 성공한 삶을 위해
중요한 것은 선택과 집중입니다.
우리는 실패에 대한 불안과 두려움으로
마음이 조급해지고 흔들려
쉽게 선택과 집중을 하지 못합니다.
역설적으로
불안과 두려움을 없애는 방법이 선택과 집중입니다.

감사하는 마음을 갖는 것에 선택과 집중을 하면
어떤 일이 일어날까요?
감사할 일을 찾기 때문에
부정적인 생각이 들 수가 없습니다.

우리 뇌는 참 복잡 미묘하면서도 단순합니다.
질문하는 대로 답을 찾아서 합니다.
"오늘 내가 감사한 일이 무엇이지?"라는
질문을 하면 감사할 일을 찾아냅니다.

불안과 두려움을 없애는 방법은
선택과 집중이다.

그러려니 하고 살자

우리는 어떤 어려운 상황이 와도
그러려니 하고 살아야 합니다.
세월이 흐른 후 그때 참 잘 견뎌 왔다고
웃으며 옛말할 날이 꼭 올 테니까요.

되는 일이 없고 막막함에 절망할 때도
그러려니 하고 웃어야 합니다.
웃음은 긍정의 에너지를 끌어당겨
더 많이 웃을 날이 올 것이기 때문입니다.

관계 속에서 실망하고 상처받을 때도
그러려니 하고 더 많이 사랑해야 합니다.
사람 일은 한 치 앞도 알 수가 없기에
지금은 나를 힘들게 하는 사람이지만
언젠가는 내게 큰 도움이 될 수도 있기 때문입니다.

되는 일이 없고 막막함에 절망할 때도
그러려니 하고 웃어야 한다.

나를 찾아가는 길

지금까지 찾아온 고통과 불안,
갈등으로 힘들었던 모든 과정은
나를 성장시키기 위한 과정이고
그 안에서 우리는 새로운 자신을 발견합니다.

삶에서 우리가 느끼는 감정은
그 누구도 피해 갈 수 없는 숙명이고
그것을 수용하지 않으면
고통 속에서 불행한 삶을 살 수밖에 없습니다.

인생은 길고도 짧은 삶의 여행길입니다.
이 여행길에서 진정한 나를 찾아가는
최고의 방법은 자신의 일에 충실하는 것입니다.

자신의 일에 충실하다는 것은
어떠한 상황에서도
핑계를 대거나 불평하지 않고
삶을 수용하고 최선을 다하는 것입니다.

그때 내면 깊숙이 보이지 않던

자신을 발견하게 됩니다.

'이것이 나의 삶이구나!' 깨닫고

자신의 삶의 주인으로 살아가게 됩니다.

인생은 길고도 짧은 삶의 여행길이다.

인생은 시소 놀이 1

인생은 시소 놀이입니다.
신은 인간을 창조하면서
각자의 달란트를 주셨지만
완벽하게 만들지 않았습니다.

배우자가 잘하면
자식이 속을 썩이고
배우자와 자식이 잘하면
경제적인 어려움을 주고
아니면, 자기 자신의 몸이 병들기도 합니다.

털어서 먼지 안 나는 사람 없고,
한 가지 흉 없는 사람 없고
세상에 아프지 않은 사람도 없습니다.
결국 사람은 그런 결핍 속에서
서로 균형과 조화를 이루어 갑니다.

시소 놀이처럼요.
몸무게가 나가는 사람은
앞쪽으로 가서 앉고

가벼운 사람은 뒤로 가서 앉아야

균형을 맞출 수 있는 것처럼 말입니다.

인간은 결핍 속에서 서로 균형과 조화를 이루어 간다.

세상에 환원하라

살아가면서
가장 큰 기쁨은
받는 것보다 주는 기쁨이라고 합니다.

나로 인해 누군가가
힘을 얻고 행복감을 느낀다면
의미와 가치 있는 삶으로
자신의 존재감을 확인합니다.

세상이 나에게 해 준 것보다
세상을 위해 내가 무엇인가 할 수 있다면
그것은 작은 것 같지만
가장 큰 성공입니다.

삶의 의미와 가치는
자신이 가지고 있는 재능을
사회에 환원하는 것에서 찾을 수 있습니다.

삶의 의미와 가치는 자신이 가지고 있는 재능을
사회에 환원하는 것이다.

아름다운 선택

시작이 중요합니다.
시작의 발걸음이
오늘을 빛나게 하기 때문입니다.

시작이
'아름다운 선택'을 해야 합니다.
아름다운 선택은 시간이 지날수록
가치가 있고 결과도 뿌듯합니다.

속도가 아닌
아름다운 선택으로
값진 결과를 만들어 내리라 확신합니다.

아름다운 선택은 시간이 지날수록 가치 있고 결과도 뿌듯하다.

승리하는 삶

인생을 여행할 때
주머니에 무엇을 넣고 출발하시나요?

사랑을 가득 넣고 다니면
만나는 이마다 사랑 한 움큼씩 나누어 주는
재미가 솔솔 합니다.

꿈을 넣고 다니면서
꿈을 만지작거리면
꿈을 이룰 확률이 높아집니다.

욕심을 가득 넣고 다니면 어떻게 될까요?
만나는 이마다 서로를 이용하고
가진 것들을 빼앗기 위해 아귀다툼이 일어나고
여행의 재미를 누릴 수 없습니다.

때로는 욕심도 필요하지만
과하면 언젠가는 패망의 지름길이 되고 맙니다.

함께 떠나는 여행길에

꿈과 사랑을 넣고 다니면

발걸음은 가볍고

몸과 마음도 기쁨으로 가득 차

승리하는 삶을 살게 되리라 확신합니다.

지나친 욕심은 태망의 지름길이다

된다는 신념

요즈음
이곳저곳 세상이
안개 정국입니다.

인생이 안개 낀 것처럼 한 치 앞을
내다보기가 어려워지고 있습니다.

허나, 그리 염려하고 걱정하거나
불안해하지 않으셔도 됩니다.

새벽에 안개가 많이 낄수록
그날 낮에 날씨는 오히려 더 맑게 개듯이
굳건한 믿음과 희망을 가지면
모든 일이 잘 풀릴 것입니다.

된다는 강력한 신념과 확신으로
자신의 일에 충실하고 최선을 다하면
반드시 축복의 문이 활짝 열리리라 확신합니다.

된다는 강력한 신념과 확신으로 자신의 일에 충실하면
축복의 문이 활짝 열린다.

마음의 중심

지금 당장 눈에 보이는 이득에
목숨 걸지 아니하고

사소한 것에
비굴하지 않고

누군가의 말 한마디에
휘둘리지 않고

몸은 고단하고 힘들지라도
마음의 중심을 갖고 살아간다면

삶의 방향성이 명확히 드러나
멋지고 아름다운 인생이 됩니다.

누가 뭐라 해도
빛나는 인생입니다.

지금 당장 눈에 보이는 이득에 목숨 걸지 않으면
누가 뭐라 해도 빛나는 인생이다.

나는 어떤 사람을 만나고 있는가?

자신의 일에 충실한 사람을 만나면
나도 나의 일에 충실하게 됩니다.

역경을 이겨 낸 사람을 만나면
나도 역경을 견뎌 내는 힘이 생깁니다

칭찬과 격려를 잘하는 사람을 만나면
나도 상대를 칭찬하고 격려하는 사람이 됩니다.

늘 배움의 자세로 살아가는 사람을 만나면
나도 늘 배우는 자세로 살게 됩니다.

우리는 이런 사람과
함께할 때 뭘 해도 되는 사람이 됩니다.

늘 배움의 자세로 살아가는 사람을 만나면
나도 늘 배우는 삶을 살게 된다.

나의 자리는 어디인가요?

거울은 앞에 있어야
제 역할을 하고

등받이는 뒤에 있어야
제 역할을 합니다.

상대에 대한 잘못은
앞에서 말해야
오해를 부르지 않고

칭찬은 뒤에서 해야
더 큰 가치를 발휘합니다.

결국 각자의 알맞은 자리에 있을 때
자신의 역할을 충실히 해낼 수 있습니다.

지금 나의 자리는 어디인가요?

각자의 알맞은 자리에 있을 때
자신의 역할을 충실히 해낼 수 있다.

잘되는 에너지

우주는 에너지로
힘차게 돌아갑니다.

두려움과 불안을 끌어오면
근심으로 살아가게 되고

즐거움과 재미를 끌어오면
삶이 기쁨으로 차고 넘칩니다.

내가 먼저 가슴에
꿈의 에너지
열정의 에너지
사랑 에너지를 가득 채우면
행복해지고 마음의 여백이 생깁니다.

잘되는 에너지로 출발해 보세요.
가는 곳마다 희망이 보이고
삶이 풍요로워집니다.

잘되는 에너지로 출발하면
가는 곳마다 희망이 보이고 삶이 풍요로워진다.

걸림돌과 디딤돌

사람이 살다 보면
상대에게 걸림돌이 되기도 하고
디딤돌이 되기도 합니다.

물론, 디딤돌이 되고 싶어 하겠지만
욕심과 교만이 있는 사람은
함께하는 이에게 자신도 모르게
딱딱한 걸림돌이 되고 맙니다.

인생이 안 풀리고 되는 일이 없고
희망이 보이지 않는다면
혹시 내가 이기심과 교만함으로
살아가고 있지는 않은지
자기 자신을 돌아보아야 합니다.

상대에게 디딤돌이 되어 주는 사람은
먼저 베풀고 배려하는 사람입니다.
디딤돌이 되는 삶은
스스로 꿈을 이루고 누군가의
꿈과 희망이 됩니다.

상대에게 디딤돌이 되어 주는 사람은
먼저 배풀고 배려하는 사람이다.

인생은 들꽃처럼

들꽃 같은
야생화가 참 좋습니다.
우리의 인생과 많이 닮았기 때문입니다.

들꽃은
아주 화려하지는 않지만
있는 그대로의 모습으로
주변의 자연과 어우러져 자연스럽게
아름다운 분위기를 연출합니다.

비바람이 몰아치고
뜨거운 태양에 내리쬐어도
힘들다 탓하며 불평불만 하지 않고
현실을 온전히 받아들입니다.

흔들리지만
자리를 굳건히 지키며
자연과 어우러져 빛을 발하는
들꽃이 참 아름답지 않습니까?

흔들리지만 자리를 굳건히 지키며
자연과 어우러져 빛을 발하는 들꽃이 아름답다.

아름다운 생각

하루를 의미 있게
살아가는 것은
삶의 방향에 있습니다.

삶의 방향은
아름다운 생각과
마음의 중심에 있습니다.

마음의 중심은
어떤 상황에서도 쓰러지지 않고
중심을 잡을 수 있는 힘입니다.

아름다운 생각은
밝고 상쾌한 하루를 열고
생기를 불어넣는 우주 근원의 에너지입니다.

마음의 중심은 어떤 상황에서도 쓰러지지 않고
중심을 잡을 수 있는 힘이다.

진짜 나쁜 놈

우리는 살아가면서
나쁜 짓을 한 사람에게
'나쁜 놈'이라고 합니다.

우리는 '좋은 놈'이 되기 위해
무척이나 노력하며 살아가고 있습니다.

그런데 말입니다.
진정한 나쁜 놈은
자기와 의견이 맞지 않는다고
상대의 의견을 묵살하고
조금 힘이 있다고 갑질을 하는 사람입니다.

결국 나쁜 놈은
자기 주관을 절대시하여 나오는
오만과 교만으로
가득 차 있는 나밖에 모르는 사람입니다.

나쁜 놈도 나쁘지만
자기만 생각하는 나뿐인 나쁜 놈은

더 나쁜 사람입니다.

나쁜 놈보다 더 나쁜 놈은 자기만 생각하는 나뿐인 사람이다.

선택과 집중 2

새해 시작이라고 계획 세우고
작심한 것이 엊그제 같은데
세월이 빠르게 흘러갑니다.

정신 줄을 꽉 잡지 않으면
눈 깜짝할 사이에
환갑 지나고 나이만 먹게 됩니다.

결국 중요한 것은
선택과 집중입니다.
매 순간 무엇을 선택하고
어디에 집중하느냐는
자신의 삶의 질을 바꿉니다.

선택과 집중은
삶의 가치를 발견하고
기쁨과 감사를 얻게 합니다.

가장 자기다운 삶은
의미 있고 가치 있는 일에

선택과 집중을 하는 것입니다.

가장 자기다운 삶은
의미 있고 가치 있는 일에 선택과 집중을 하는 것이다.

인생은 시소 놀이 2

인생은 시소처럼
올라갔다 내려갔다 하는
반복의 연속입니다.

높이 올라갔다고
교만해서도 안 되고
바닥으로 떨어졌다고
절망하거나 정신을 놓으면
모든 것을 잃을 수 있습니다.

인생은 균형과 조화를 이루고
마음의 중심을 잃지 않아야 합니다.
바로 시소 놀이처럼요.

인생은 균형과 조화를 이루고
마음의 중심을 잃지 않아야 한다.

관심과 사랑의 힘

사람이 사람에게 줄 수 있는
가장 큰 축복은 관심과 사랑입니다.

사람이 아무리 힘들어도
버티고 사는 것은
관심과 사랑을 받기 때문입니다.

결국 내가 사는 길은
늘 사람에게 관심을 기울이는 일입니다.

관심과 사랑을 가지고
상대에게 다가가면
목석같은 사람도 마음이 움직이게 되고
희망을 얻습니다.

놀라운 것은 희망이
메아리처럼 나에게로 돌아와
큰 힘이 된다는 사실입니다.

사람이 사람에게 줄 수 있는 가장 큰 축복은 관심과 사랑이다.

나무와 사람

나무는 사람보다 왜 오래 살까?

사람은 100년을 살기 어려운데
나무는 최소한 몇백 년을 삽니다.

나무는 다른 나무를 탓하지 않습니다.
사람은 남의 탓을 잘합니다.

나무는 다른 나무의 일에 간섭하지 않습니다.
사람은 남의 일에 콩이야 팥이야 간섭합니다.

나무는 환경을 탓하지 않습니다.
사람은 환경을 탓하고 부모를 원망합니다.

이것이 나무가 사람보다 오래 사는 이유입니다.

나무는 사람보다 왜 오래 살까?

잘되는 사람은 실천하는 사람이다

잘되는
이유를 찾는 사람은
행복해지고
안 되는 이유를 찾는 사람은
불행해집니다.

아는 것은 적어도
그 아는 것을
행동으로 옮기는 사람은 행복합니다.

아무리 아는 것이 많은 사람도
아는 것을 행하지 않으면
그 아는 것을 알았다고 할 수가 없고
불행할 수밖에 없습니다.

역경과 고난이 닥쳐와도
희망을 잃지 않는 사람은 행복합니다.

역경을 견뎌 내지 못하고
불평불만으로 세상을 탓하는 사람은

불행합니다.

잘되는 이유를 찾는 사람은 행복해지고
안 되는 이유를 찾는 사람은 불행해진다.

선택

스스로 희망의 주인공으로 살아갈 것인가?
그저 그런 사람으로 살아갈 것인가는
선택입니다.

나보다 부족한 사람을 만나면
그에게 도움을 주며
봉사의 삶을 즐겨 봅니다.

나보다 뛰어난 사람을 만나면
그에게 배울 수 있음에 감사하며
칭찬을 아끼지 않습니다.

나를 시기하고 질투하는 사람을 만나면
내가 잘하고 있다는 증거이니
감사한 마음으로 살아갑니다.

어떤 삶을 살아갈 것인가는
지금 내가 어떤 선택을 하느냐에
달려 있습니다.

오늘도 최고의 선택을 하는
당신의 삶을 응원합니다.

어떤 삶을 살아갈 것인가는
지금 내가 어떤 선택을 하느냐에 달려 있다.

꿈과 희망의 전도사

사람의 성품은
꽃잎처럼
부드러우면 좋습니다.

생각이란
맑은 샘물처럼
시원하면 좋습니다.

마음이란
산속의 청정한 공기처럼
상쾌하면 좋습니다.

나비처럼 사랑을 나르는
꿈과 희망의 전도사가 되기 위해
부드러운 성품을 만들어 가면 좋습니다.

사람의 성품은 꽃잎처럼 부드러우면 좋다.

오늘

'오늘'이란 단어는
바로 생명의 에너지를 이야기합니다.

특히, 오늘 아침을
잘 맞이하면 싱그러운 에너지와
생동감을 안겨 줍니다.

오늘 할 일을 잘 생각하고
하루를 설계하는 사람은 출발이 좋습니다.
좋은 에너지가 소용돌이칩니다.
기대와 열망이 생깁니다.

'오늘'을 잘 활용할 때
아름다운 미래로 가는 길목이 열립니다.

그 누구에게나 주어진
'오늘'을 잘 가꾸어 가면
발걸음도 가볍고 인생이 바뀝니다.
꿈의 보따리가 잘 펼쳐질 것입니다.

'오늘'을 잘 활용할 때
아름다운 미래로 가는 길목이 열린다.

긍정의 패턴

우리 주위에는 늘
사실과 현상이 벌어집니다.

그런데 사실을 사실대로
받아들이지 못하는 사람들을 많이 봅니다.

함께 사실을 들으면서도
서로가 다르게 듣고 해석을 합니다.

사실은 하나지만 듣는 사람의 마음이
서로 다르기 때문에 갈수록 가짜뉴스가 범람합니다.

이 땅에 심각한 혼란이 오고 있습니다.
이는 어떤 마음으로 내가 듣느냐에 따라
받아들이는 것이 전혀 다르게 전해진다는 사실입니다.

선한 마음으로 들으면 긍정의 패턴이 커지고
악한 마음으로 들으면 늘 의심의 패턴이 커집니다.

긍정의 패턴이 커지면 커질수록

모든 것이 선해지고

일이 술술 잘 풀리는 기적이 일어날 것입니다.

긍정의 패턴이 커지면 커질수록 모든 것이 선해지고

일이 술술 풀리는 기적이 일어난다.

삶은 뺄셈이다

수많은 생각들이
나를 죽이고 살리고를 반복합니다.

생각이 많을수록
내 몸은 무거워지고 기운이 없어집니다.

생각의 잡동사니는
많은 번뇌와 고뇌를 줍니다.

즐거운 삶은 '뺄셈'입니다.
빼면 뺄수록 기분이 좋아지고
결단이 빨라집니다.

즐거운 삶은 뺄셈이다.
빼면 뺄수록 기분이 좋아지고 결단이 빨라진다.

대나무 정신

봄인가 싶을 때
꽃샘추위가 찾아오는 것은
꽃을 피우기 위해서입니다.

대나무는 마디마디가 있기에
성장할 수가 있고
사계절 올곧게 푸르름을 지켜 냅니다.

나에게 아픔이 있다면
그것은 행복의 꽃을 피우기 위한 연단입니다.

대나무처럼 마디마디 나를 수행하고
준비하는 자만이
인생의 아름다운 꽃을 피울 수 있습니다.

대나무처럼 마디마디 나를 수행하고 준비하는 자만이
인생의 아름다운 꽃을 피울 수 있다.

3무리는 삶의 선물입니다

옳음을 따라가면 통로가 열립니다.
정도를 따라가면 힘이 들지만
때가 되면 정상에 서게 됩니다.

웃는 날을 모으면 행복이 다가옵니다.
소통하는 횟수를 늘리면
시인이 되고 작가가 됩니다.

고난을 많이 견디며 수행한 만큼
견뎌 내는 맷집이 커집니다.
이런 고난과 어려움이 모여서 꿈을 이룹니다.

나는 어떤 사람인가요?
시간무리, 정신무리, 육신무리
3무리를 통해 임계점을 뛰어넘는 사람입니다.
3무리는 삶의 선물입니다.

고난과 어려움이 모여 꿈을 이룬다.

2장

소통으로
꿈을
공유하는 리더

질문은 선물이다

주위에 사람이 없고
마음이 공허하고 힘들다면
한 번쯤 생각해 보아야 합니다.

이유가 뭘까?
왜 이렇게 힘이 들까?

아래 세 가지 질문을 하며
하루하루를 살아간다면
답을 찾을 수 있습니다.

첫째
바라는 것보다
먼저 감사하고 있는가?

둘째
먼저 소통하고
겸손함으로 상대를 대하고 있는가?

셋째

자신의 일에 충실하며
먼저 타인을 돕고 있는가?

이러한 질문을 함으로써
당신은 꽤 괜찮은 사람으로 살아가는
힘의 원동력이 될 것입니다.

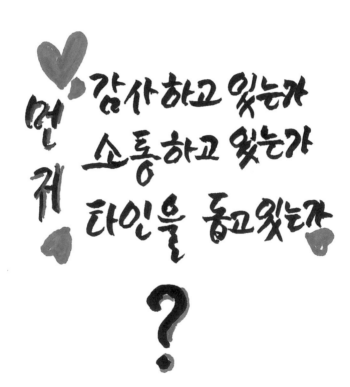

우리는 하나

성경에 "너희는 세상에 빛과 소금이다."라는
말씀이 있습니다.
소금의 짠맛은 음식의 부패를 막고
오래 보관하게 합니다.

간장을 담글 때도
소금의 짠맛과 메주와 물이
오랜 시간 서로에게 녹아
들어 발효가 되고
간장이 되고 된장이 됩니다.

간장과 된장 안에는
눈에 보이지 않지만 소금이 존재합니다.
서로가 잘났다고 자신을 드러내는 것이 아니라
서로에게 녹아들었기 때문에
새로운 모습으로 탄생한 것입니다.

된장과 간장은 체질을 떠나
모든 사람에게 잘 맞고
꼭 필요한 발효 음식이 된 것입니다.

사람마다 각자 다른 모양과

특성을 가지고 있습니다.

다른 사람들이 모여 각자의 개성에 맞는 역할을 통해

조화로운 세상을 만들어 갑니다.

혼자 잘나고 뛰어난 것이 아니라

함께 어우러지고 서로에게 녹아들 수 있기에

더욱 아름다운 삶을 만들어 갑니다.

인맥 수집가

사람이 재산이다.
사람이 보물이다.
사람이 보약이다.

늘 이렇게 외치는 필자는
인맥 수집가라는 별칭을 가지고 있습니다.

인맥은 미래 적금입니다.
인맥을 많이 만들기 위해
중요한 것은
곁에 있는 사람에게 잘하는 것입니다.

곁에 있는 사람의
소중함을 깨닫는 순간
곁에 있는 사람이 참 귀하고
소중하게 여겨질 것입니다.

곁에 있는 사람에게
"당신이 곁에 있어서 큰 힘이 됩니다.
곁에 계셔 주셔서 고맙습니다."라고 표현하면

그 역시 당신에게 고마움을 느낄 것입니다.

그 순간 아주 끈끈한 인맥으로 인적 적금이 불어나는

기적이 일어납니다.

사람이 재산이다. 사람이 보물이다. 사람이 보약이다.

열린 마음

마음의 문을 활짝 열어 놓고
상대의 이야기를 귀 기울여 들을 때
사람들은 감사함으로
내 안에 머물게 됩니다.

낮은 자리에서
상대를 세울 때 경계심이 사라지고
사람들은 편안함으로
함께하려는 사람들이 많아집니다.

한결같은 마음으로
상대를 품을 때
사람들은 나를 신뢰하고
함께하는 것에 자부심을 갖고
사람들을 끌어당기게 됩니다.

창문을 열어 두면 바람이 들어오고
마음을 열어 두면 행복이 들어온다.

축복의 통로

살면서 중요한 것이 무엇일까요?
돈도 건강도 중요하지만
함께하는 따뜻한 마음이 아닐까요?

어렵고 힘들 때 누군가 따뜻한 손을 내밀어 잡아 주고
언덕길 올라갈 때 살포시 뒤에서 밀어 주며
동행하는 사람이 있다면
어떤 어려운 상황도 잘 견뎌 낼 수 있습니다.

삶에서 가장 중요한 것은
동행할 수 있는 사람이
곁에 있느냐 없느냐입니다.
곁에 그런 사람이 없다면
내가 누군가에게
그런 사람이 되어 보면 어떨까요?
아마 상상할 수 없는 기적이 일어날 것입니다.

몸이 아픈 사람 따뜻하게 밥 한 끼 챙겨 주고
어려울 때 어깨 토닥토닥해 주고
힘든 이야기 귀 기울여 들어 주면

당신은 상대에게 동행의 기쁨

축복의 통로가 되어 주는 사람입니다.

상대에게 동행의 기쁨, 축복의 통로가 되어 주는 사람이 되자.

비운 만큼 채워진다

마음이든 물건이든
남에게 주어 나를 비우면
비운 만큼 반드시 채워집니다.

남에게 좋은 것을 주면
준 만큼 더 좋은 것이 채워집니다.

좋은 말을 하면 할수록
좋은 말이 떠오릅니다.
좋은 글을 쓰면 쓸수록
더 좋은 글이 나옵니다.

나쁜 것을 퍼서 남에게
주면 내게 더 나쁜 것이 쌓이고
좋은 것을 퍼서 남에게 주면
내게 더 좋은 것이 쌓입니다.

참 신기합니다.
그냥 쌓이는 것이 아니라
샘솟듯 솟아나서

마음을 가득 채우니 말입니다.

남에게 좋은 것을 주면 준 만큼 더 좋은 것이 채워진다.

글을 잘 쓴다는 것은

카톡방에서 소통하며
글을 쓴다는 것은
나를 성장시키는
최고의 밑거름입니다.

그런데 글을 쓰기가
안 되는 것은 글을
잘 쓰려고 하기 때문입니다.

글을 잘 쓰기 위해서
미사어구를 남발할 때가 있습니다.

이는 음식의 맛을 내기 위해
과도하게 양념을 들이붓는 것과 같습니다.

글이란
그 사람의 진실된 마음이 전해지면
좋은 글입니다

있는 그대로의 일상을

적다 보면

글이 깊어지고 넓어지며 힘이 생깁니다.

글을 잘 쓰기 위해 미사어구를 남발하면

음식의 맛을 내기 위해 과도하게 양념을 들이붓는 것과 같다.

소중한 인연

우리는 살아가면서
수많은 사람을 만납니다.
그것을 인연이라고 하지요.

인연은 힘이 되기도 하고
때로는 힘들게 하기도 합니다.

그러나 중요한 것은
인연들이 나의 꿈을 이루어 가는 데
큰 원동력이 됩니다.

결국 힘들게 하는 사람도
힘이 되는 사람도
모두 우리에게는 유익하고
소중한 인연입니다.

나는 상대에게 어떤 인연일까?
이왕이면
기쁨을 주고
위안을 주고

행복을 주는

소중한 인연으로 함께하고 싶습니다.

나를 힘들게 하는 사람도 힘이 되는 사람도
모두 우리에게는 유익하고 소중한 인연이다.

공유의 의미

동영상이나 좋은 글을
다른 사람에게 보낼 때
'공유'를 합니다.

사전적 의미는
'두 사람 이상이 하나의 물건을
공동으로 소유하다.'라는 뜻입니다.

좋은 의미로 말하면
'함께 나누다.'라는 의미입니다.

좋은 글을 공유하고
댓글을 달 때
서로에게 큰 힘이 됩니다.

이를 어울림이라고 합니다.
함께 글을 쓰고 댓글을 달다 보면
마음의 기쁨과 만족감이 옵니다.

아무리 똑똑하고 잘난 사람도

함께할 사람이 없다면
그 삶은 재미도 의미도 없습니다.

좋은 것을 함께 공유하고
어울리며 살아가는 삶이
진정 아름다운 삶이 아닐까요?

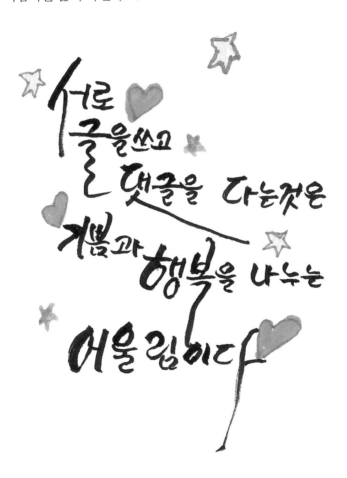

마음 비우기

몸과 마음의 기(氣)가 막히면
가슴이 답답하고
몸은 천근만근 무겁고 식은땀이 납니다.

몸의 기운과 혈액은 순환해야
발걸음이 가볍고 경쾌해지며
마음은 비워 내야 편안하고 가볍습니다.

마음을 비우면
세상이 신비롭고 아름답게 보입니다.

구름은 바람 따라 흘러가고
물은 아래로 아래로 흘러가듯
마음도 흘러가야 합니다.
그렇게 유유자적 흐를 때 삶이 풍요로워집니다.

마음을 비우면
세상이 신비롭고 아름답게 보인다.

맛깔나는 인생

음식에는
각자 고유의 맛이 있지만
서로 어우러져
맛깔나는 음식의 맛을 내고
우리는 그 맛을 잊을 수가 없습니다.

인생도 마찬가지입니다.
미소가 아름다운 사람은
만나는 사람을 편안하게 해 줍니다.

배려심이 깊은 사람은
상대를 더욱 힘이 나게 해 줍니다.

감탄을 잘하는 사람은
상대의 마음에 활력을 불어넣어 줍니다.

소통을 잘하는 사람은
상대의 마음의 벽을 허물게 합니다.

각자 자기만의 개성과 색깔이 있지만

함께 어우러질 때 더욱 감칠맛 나고 맛깔나는

인생의 맛을 느끼게 합니다.

각자 자기만의 개성과 색깔이 있지만
함께 어우러질 때 더욱 감칠맛 나고 맛깔나는
인생의 맛을 느끼게 한다.

희망 전도사

우리는 SNS에서 글을 쓰기도 하고
상대의 글에 댓글을 달기도 합니다.
서로 글을 주고받는다는 것은
참 잘 살아가고 있다는 증거입니다.

왜냐하면
가지고 있지 않은 것을
타인에게 줄 수는 없습니다.
자신을 사랑하는 사람이
타인도 사랑할 수 있기 때문입니다.

우리가 쓴 글 속에는
사람의 마음이 깃들어 있습니다.
글을 쓴다는 것은 마음을 전하는 것입니다.
상대의 글에 댓글을 다는 것은
상대에 대한 관심이요.
사랑입니다.

지극히 짧은 글이라도
매일매일 쓰다 보면

새로운 자신을 발견하고 자존감이 올라갑니다.

댓글까지 쓴다면

그것은 복을 짓는 일이며 존중받는 사람이 되고

누군가에게 희망을 전하는 희망 전도사가 되는 것입니다.

마음의 단비

단비가 오니
참 좋습니다.

땅을 촉촉이 적셔 주고
생명을 잉태하니
미소가 저절로 나옵니다.

마음에도 땅처럼
단비가 필요합니다.

마음이 가뭄에 메말라
쩍쩍 갈라져 있으면
부정이 싹 트고
불행이 스며들기 때문입니다.

마음에 단비는
사람과의 소통입니다.
소통은 마음을 나누는 것입니다.

마음을 전하고

상대의 마음을 알아차리고 서로 공감할 때

우리는 살아 있음을 느끼고

기쁨과 감사로 자존감이 회복됩니다.

마음이 가뭄에 메말라 쩍쩍 갈라져 있으면
부정이 싹트고 불행이 스며든다.

네 가지 들음

중국 장자가 말하기를
들음은
네 가지 단계가 있다고 합니다.

첫째, 귀로 듣는 단계
둘째, 마음으로 듣는 단계
셋째, 기로 듣는 단계
넷째, 비움으로 듣는 단계입니다.

가장 중요한 것은
마음을 비우고
온전히 상대의 입장이 되어 듣는
네 번째 단계입니다.

마음을 비우고
상대의 입장이 되어 들을 때
그 마음에 공감할 수 있기 때문입니다.

제대로 된 경청은
상대에 대한 존중이고 사랑입니다.

더불어 자기를 더욱 성장시키는

최고의 수행입니다.

경청은 상대에 대한 존중이고 사랑이다.

인연이 연인이 되다

세상의 큰 복은
좋은 사람을 만나는 것입니다.
그것을 인연이라고 하지요.

인연을 거꾸로 말하면
연인이 됩니다.
연인 사이는 상상만으로도
기분이 좋고 설렘이 있습니다.

오늘 만나는 인연,
우리에게 연인이 될 수 있는
특별하고 귀한 인연입니다.

지금 내 곁에 있는 사람이
세상에서 가장 소중한 인연입니다.
그것을 깨닫는 것이
최고의 축복입니다.

지금 내 곁에 있는 사람이
세상에서 가장 소중한 인연이다.

발산은 치유다

관계가 잘 안 되는 사람의 공통점은
마음속에 묵은 감정들을
많이 가지고 있습니다.
일명 화병이라고 하지요.

가슴에 쌓인 화는
언제 터질지 모르는
시한폭탄과 같은 것입니다.

화를 가슴에 품고 사는 것은
자신과 주변을 고통스럽게 하고
마음의 빗장을 걸어 관계를 막히게 합니다.

가슴에 쌓인 묵은 감정이나
화를 잘 다스리는 최고의 방법은
발산입니다.

글이나 대화로
노래나 춤으로
웃음과 운동으로 발산할 때

새로운 것을 받아들일 수 있는

여백이 생깁니다.

가슴에 쌓인 화는 언제 터질지 모르는 시한폭탄과 같다.

인정하자

인간의 천성은
쉽게 바뀌지 않습니다.

모두가
자기 관점에서 해석하고
자기 기준으로 말하고
행동합니다.

아무리 최선을 다해도
다른 사람을 바꿀 수는 없습니다.

인간관계에서
상대를 바꾸려 하거나
상대에게 기대하는 순간
스스로 절망의 벽에 부딪치게 됩니다.

인간관계를 잘하는 좋은 방법은
상대를 인정해 주는 것입니다.
인정은 상대를 기분 좋게 합니다.

기분이 좋아지면
자연스럽게 바라보는
눈빛도 부드러워지고
관계가 편안해집니다.

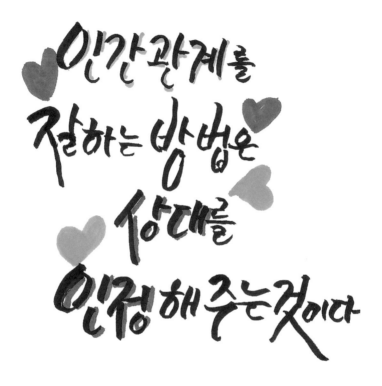

인간관계를
잘하는 방법은
상대를
인정해 주는것이다

믿음은 성장 촉진제

믿음은 성장의 촉진제입니다.
환경적인 차이가 있을 수는 있지만
첫 출발은 비슷합니다.

중요한 것은 믿음입니다.
내가 나를 온전히 믿어 주는 것
상대를 온전히 믿어 주는 것입니다.

돌아보면
누구인가 나를 믿어 줄 때
큰 힘이 됩니다.
아니, 타인이 아니어도
내가 나를 믿어 주는 것만으로도
자신감과 자존감이 올라갑니다.

이렇게 해 보면 어떨까요?

나는 세상에서 가장 행복한
사람이라고 믿는 것입니다.

나는 어디를 가도
신의 은총이 내리는 사람이라고
믿는 것입니다.

내가 하는 일들이
사람을 살리는 좋은 일이라고 믿는 것입니다.

나는 날마다
기적을 경험하는 사람이라고
믿는 것입니다.

여러분은 잘될 수밖에 없는
지혜로운 사람이 될 것입니다.

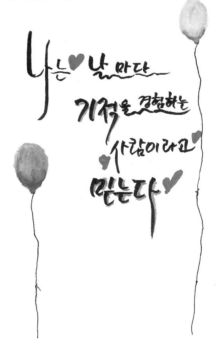

잘되는 사람

잘되는 사람이
잘되는 이유는
잘되는 생각을 하기 때문이고

안 되는 사람이
안 되는 이유는
안 되는 생각을 하기 때문입니다.

이런 사람이
잘되는 사람입니다.

행운을 기다리지 않고
자신의 일에 충실한 사람이 잘됩니다.

만나면 반가움으로
눈을 맞추고
웃음을 보내는 사람이 잘됩니다.

옳고 그름을 분별할 줄 아는
지혜로 선한 일에

집중하는 사람이 잘됩니다.

유식한 말보다는
따뜻한 말 한마디로
희망을 주는 사람이 잘됩니다.

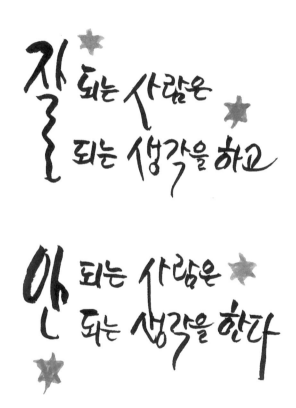

잘 되는 사람은
되는 생각을 하고

안 되는 사람은
되는 생각을 한다

성숙해지는 삶

원하는 것을 이루는 성공
몸과 마음이 자라는 성장
숙성되어 익어 가는 성숙
모두 중요하지만 가장 중요한 것은
성숙해지는 것입니다.

발효 식품은 숙성된 것들입니다.
과일이 익어 가는 것도
된장, 고추장, 김치가 익어 가는 것도
숙성되는 것입니다.

숙성되는 과정에서
혼자가 아닌 어우러지고 스며들어
하나가 된다는 것을 깨닫습니다.

인간이 숙성된다는 것은
성숙해지는 것이라고 표현합니다.
인간이 혼자서 살아갈 수 없다는 것
내가 죽어야 내가 산다는 진리를 깨닫는 것입니다.

성숙한 사람은

나보다 타인을 더 배려하고

마음에 여유로움과 넉넉함이 있어

누군가에 꿈과 희망이 됩니다.

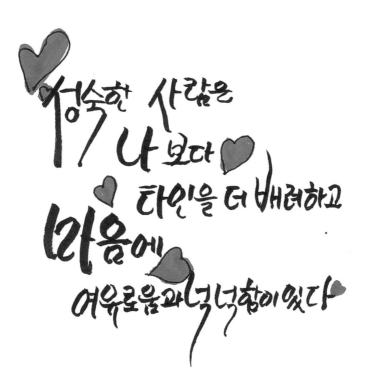

선을 이룬다는 것

성경에 보면 '선을 이룬다.'는
말씀이 자주 등장합니다.

그냥 지나칠 수도 있지만
저에게는 참 가슴 깊이 다가오는
문장이었습니다.

세상에 그냥 되는 것은 없습니다.
누군가의 희생과 헌신이
우리의 꿈을 이루고
무엇이든 되게 합니다.

어떤 역경과 실패, 좌절, 고통도
이들의 에너지가 모여서
언젠가는 선을 이루게 한다는 의미입니다.

모든 것들의 작용이 서로 협력하여
각자의 꿈을 이루는
원동력이 되기 때문입니다.

누군가의 희생과 헌신이 우리의 꿈을 이루게 한다.

비와 우산

세상을 아름답게
만드는 것은 비입니다.

사람의 마음을
정겹게 해 주는 것은 우산입니다.

비와 우산은
바늘과 실처럼
둘이지만 하나인 사랑입니다.

비는
마른 가슴을 적시는
단비가 되어 주어 고맙습니다.

우산은
비로부터 나를 보호하고
낭만을 느끼게 하니 고맙습니다.

비와 우산은 바늘과 실처럼 둘이지만 하나다.

인적 적금

여러분의 인적 자산은
계속해서 늘어나고 있나요?

아름다운 인생살이는
만남과 관계를 잘하는 것에서
시작합니다.

만남의 이치는 하늘에 있지만
관계의 조화를 이루어 가는 것은
사람에게 있습니다.

만나는 사람마다
소중히 여기는 사람은
'인적 적금'을 잘 넣고 있는 사람입니다.

'인적 적금'은
내가 가장 힘들고 어려울 때
가장 기쁘고 즐거울 때
힘을 발휘하는 에너지 통장입니다.

인적 적금 통장 하나 개설하여

마음의 부자가 되어 여유롭고 넉넉한

당신의 삶을 응원합니다.

만남의 이치는 하늘에 있지만

관계의 조화를 이루어 가는 것은 사람에게 있다.

인생의 참맛

인생의 참맛은
언제 느낄 수 있을까요?

누군가에게
도움을 주고 그를 섬길 때
인생의 참맛을 느낄 수 있습니다.

누군가를 도와주고
섬기는 일은
결국 나를 돕고 섬기는 일입니다.

인생의 참맛은
타인을 향한 사랑이고
그것은 메아리가 되어
나를 향한 사랑으로 이어집니다.

인생의 참맛은 타인을 향한 사랑이고

그것이 메아리가 되어 나를 향한 사랑으로 이어진다.

염려하지 말라

인생을 살면서
원하지 않지만 동반자가 되어
함께하는 녀석이 있습니다.

바로 '염려'라는 녀석입니다.

성경에도 '염려'라는 단어는 51번이 나오고
'염려하지 말라.'는 550번이 나온다고 합니다.

다윗왕의 말을 빌리면
"여호와여!
내가 근심(염려) 때문에 눈과 영혼이 쇠하였나이다."

솔로몬의 말을 빌리면
"마음의 즐거움은 얼굴을 빛나게 하고
마음의 근심(염려)은 심령을 상하게 하느니라."
라고 했습니다.

미래를 앞서 걱정하고 염려하는 것은
행동을 막는 바이러스와 같습니다.

걱정이 앞서고 마음이 불안하다면
타인과 소통해 보세요.
소통하다 보면 근심과 걱정이 사라지고
축복의 통로가 열립니다.

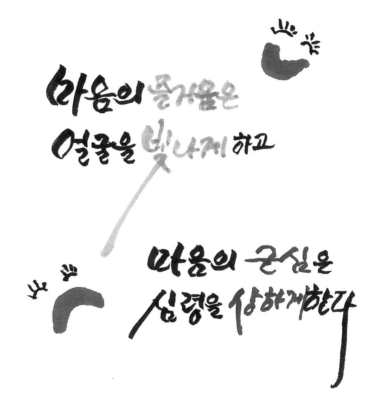

마음의 즐거움은
얼굴을 빛나게 하고

마음의 근심은
심령을 상하게한다

인정하는 삶

열 길 물속은 알아도
한 길 사람 속은 모른다 하였습니다.

그만큼 그 사람의 마음을 알아차린다는 것은
어렵다는 말을 의미할 것입니다.

그 말은 사람이 나쁘다는 말이 아니고
사람은 본래 그렇게 생겨 먹었다는 의미입니다.

나도 그렇고 당신도 그렇게 생겨 먹었습니다.
배신자니 나쁜 놈이니 하면 내가 괴로워집니다.

사람은 누구나 그 상황 속에서는
그렇게 될 수밖에 없는 운명을 타고 났습니다.

한 번쯤 역지사지 해 보면
참으로 살기 좋은 세상이 오는데,
사람은 그렇게 설계되어 있지 않습니다.

가장 좋은 인생 설계는

그 어디서든 인정해 주며 살아가는 삶입니다.

'인정해 주며 살아가는 삶'은
관계를 확장시키고
살맛 나는 사회를 만들어 갑니다.

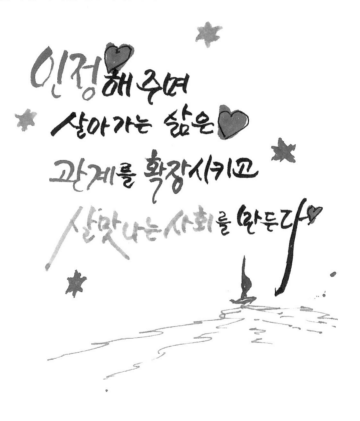

중앙선

운전을 하다 보면
중앙선이 있습니다.

중앙선은 생명선이자
교통사고를 예방하는
약속의 선입니다.

경쟁하거나 이기적인 마음으로
중앙선을 넘거나 추월하면
대형 사고로 소중한 목숨을 잃고
인생이 불행해집니다.

부부 관계도
선을 넘는 일들이 잦아지면
부부 싸움이 크게 일어나고
최악의 경우 이혼에 이르게 됩니다.

서로를 인정하고, 존중하는
중앙선을 지켜 준다면 안전하게
인생을 달릴 수 있습니다.

서로를 인정하고 존중하는 중앙선을 지켜 준다면
안전하게 인생을 달릴 수 있다.

3장

감사를
표현하는
리더

정성을 다하는 삶

삶의 가치는
지금 주어진 현실에
정성을 다하는 것입니다.

정성을 다하면
성공하든 실패하든
결과에 관계없이 가치 있는 일입니다.

정성을 다하는 넉넉한 마음이
삶의 질을 향상시키고 풍요롭게 합니다.
그리고 더 큰 감사를 낳게 합니다.

정성을 다하면 성공하든 실패하든
결과에 관계없이 가치 있는 일이다.

감사의 삶

자신을 가장 고통스럽게 하는 것은
불평과 불만입니다.
불평과 불만은
상대를 힘들게도 하지만
자신을 스스로 왕따시키고
고통스럽게 합니다.

반대로 자신을 행복하게 하는 것은
감사하는 삶입니다.
감사가 있는 곳에는
밝고 따뜻한 기운이 가득합니다.
감사가 넘치는 곳에는 감동이 흐릅니다.

넘치는 감사와 감동은
삶의 질을 풍요롭게 하고
사람들과의 관계를 유연하게 하며
배려와 사랑이 넘치는
아름다운 세상을 만들어 갑니다.

감사와 감동은 삶의 질을 풍요롭게 한다.

천국은 어디에

할아버지가 손자에게
마음속에는 착한 늑대와 나쁜 늑대
두 마리가 살고 있는데
둘은 늘 싸운다고 말해 주었습니다.
손자가 "누가 이겨요?"라고 묻습니다.

"누가 이길까요?"
우리는 이미 답을 알고 있지요.
우리가 밥을 주는 늑대가 이깁니다.

착한 늑대의 밥은
사랑과 감사, 기쁨, 배려, 나눔 등
긍정적인 생각입니다.

나쁜 늑대의 밥은
불평과 불만, 짜증, 화, 우울, 미움, 원망 등
부정적인 생각입니다.

결국 승자는 내가 누구의 손을
잡아 주느냐에 따라 달라집니다.

천국과 지옥은

마음에 달려 있습니다.

스스로 행복하다고 생각하고

감사함으로 살아가는 사람의 삶은 천국이요

불행하다고 생각하고

불평불만으로 살아가는 사람의 삶은 지옥입니다.

누구에게 밥을 주시겠습니까?

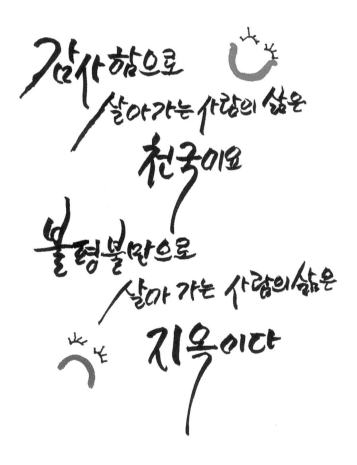

우주의 원리

사람은 누구나 원하던 원하지 않던
각자의 어깨에 짊어진 짐이 있습니다.
그런데 대부분 자기의 짐이 가장 무겁다고 느낍니다.

다른 사람들은 편안하게 잘도 사는데
왜 나만 이렇게 힘이 들까?
다른 집 남편과 자식들은 잘도 하고 사는데
왜 내 남편과 내 자식만 이렇게 힘들까?
정말 그럴까요?

내 어깨에 짊어진 짐이
가장 무겁다고 생각하는 순간
고통 속에서 불행한 삶을 살아갑니다.
거기에서 벗어나려고 발버둥 치면 칠수록
더 깊은 수렁에 빠지게 됩니다.

삶에는 희, 노, 애, 락, 애, 오, 욕이 있습니다.
사람이 살아가는 우주의 원리입니다.
삶을 거부하면 고통만 따를 뿐이지요.

그러면 어떻게 해야 할까요?
내 어깨에 짊어진 짐으로
고통에서 벗어나는 방법은
인정하고 기쁨과 감사함으로
받아들이는 것입니다.

어차피 짊어진 짐
긍정적이고 적극적인 생각으로 전환하면
어깨의 짐도 가벼워지고
그 어떤 고난도 감당해 낼 수 있습니다.

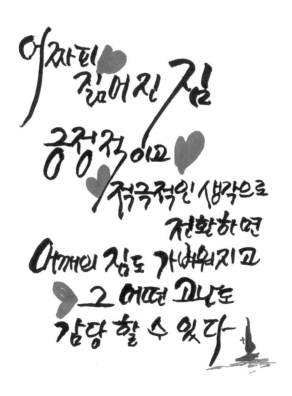

감사는 행복을 부른다

인생을 살아가면서
"조금만 더, 딱 한 번만 더"라는
욕심의 덫에 걸려
인생을 불행하게 살아가는
사람들을 많이 만나게 됩니다.

욕심은 더 큰 욕심을 부르고
결국은 패망에 이르고 이미 돌이킬 수 없는
상황에서 후회를 하게 됩니다.

지금 가진 것에 만족감을 느끼는 사람은 행복합니다.
가진 것에 감사함을 느끼는 사람은
더 큰 것을 얻게 됩니다.
우주 만물의 모든 것이 에너지입니다.

내가 가진 에너지는 같은 것을

끌어당기게 되어 있지요.
감사는 더 큰 감사로 풍요로움을 끌어당기고
기쁨과 행복은

더 큰 기쁨과 행복의 에너지를 끌어당깁니다.

감사는 더 큰 감사로 풍요로움을 끌어당기고
기쁨과 행복은 더 큰 기쁨과 행복의 에너지를 끌어당긴다.

됨됨이가 된 사람

옛 어른들이 "저 사람은 참 됨됨이가 됐어."라고
하시는 말씀 기억나세요?
됨됨이가 된 사람은 어떤 사람일까요?
하는 행동이 매우 예의 바르고
올바른 사람이라는 의미입니다.

이런 사람은
늘 자신의 일에 충실하고
자신의 말과 행동에 책임을 질 줄 압니다.

됨됨이가 된 사람은
타인과의 관계에서도 상대를 배려하고
절대적인 헌신으로 나눔을 실천하며
선한 영향력을 미칩니다.

어떤 어려운 상황에서도
좌절하거나 절망하지 않고
어려움을 수용하며
기쁨과 감사로 받아들입니다.

됨됨이가 된 사람의 삶은

늘 풍요롭고 대인 관계가 좋으며

삶의 기쁨과 감사가 넘쳐 납니다.

됨됨이가 된 사람은
어떤 어려운 상황에서도 좌절하거나 절망하지 않고
기쁨과 감사로 받아들인다.

감사의 축복

시간 시간을
감사하게 살고 있는가?

마음속에 감사가 떠나면
스멀스멀 내 안에 찾아오는 것이 있는데
그것은 바로 부정적인 생각들 입니다.
불평과 불만, 두려움과 불안,
서운함과 의심 등이
여러분의 마음의 안방을 차지합니다.

이는 우리의 삶의 희망을 꺾는
암적인 존재입니다.

어떤 어려운 상황에서도
잘되기 위해서는
무조건적인 감사가 있어야 합니다.

내 마음의 안방을 차지한 생각이
감사로 가득할 때 행운이 찾아오고
우리가 행복할 수 있습니다.

안 될 일도 잘되고

잘되는 일은 더 잘되는

축복이 넘쳐 납니다.

어떤

어려운 상황에도

잘 되기 위해서는

무조건적인

감사가 있어야 한다

기대하지 않은 보상

인간이라면 살면서
은근히 기대하는 것이 있습니다.

그것이 주어지면
기쁨이 차고 넘치지만
그것이 주어지지 않으면
삶의 의욕이 없어지기도 합니다.

그것은 '보상'입니다.

어떤 보상을 기대하고
선을 베풀거나 일을 한다면
그는 절대 행복한 삶을 살 수 없습니다.

보상은 스스로 주어질 때
기쁨도 커지고 최고의 가치가 있습니다.

스스로 자신을 인정하고
칭찬을 해 주면
타인을 의식하지 않고

살아갈 수 있는 힘이 생깁니다.

주어진 삶에 감사하는 마음이 넘치면
얼굴빛이 환해지고
사람과의 관계가 좋아집니다.

자신의 꿈을 키우고
꿈을 향해 한 발 한 발 다가설 때
기대하지 않은 선물처럼
축복이 쏟아집니다.

빛나는 조연

영화나 드라마를 보면
조연의 역할이 주인공 이상으로
빛날 때가 있습니다.

1등만 알아주는 세상이지만
2등과 3등 꼴등까지
1등의 뒤를 잇는 등수가 있기에
1등이 빛나는 것입니다.
바로 조연의 역할을 톡톡히 하는 것이죠.

1등은 뒤에 있는 사람들에게
감사하는 마음을 가져야 합니다.
2등부터는 스스로 올라갈 수 있는
희망이 있음에 감사하면 됩니다.

인생 살면서 가치 있고 빛나는 일은
누군가의 배경이 되어 주는 것입니다.
별이 빛나는 이유는 어둠이 있기 때문이고
촛불은 초가 자신을 불태워 세상을 밝히기에
더욱 아름답습니다.

세상은 이렇게 혼자가 아닌

누군가의 배경으로 자신의 존재 가치를 느끼게 합니다.

주어진 현실에 감사함으로 최선을 다하면

또 누군가는 나의 배경이 되어 줄 것입니다.

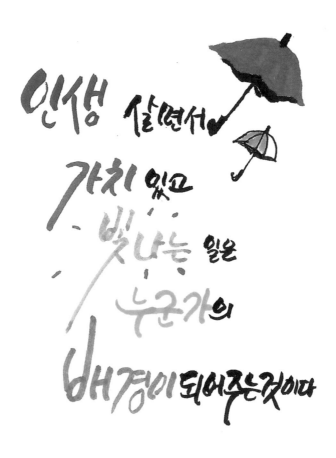

인생 살면서

가치 있고

빛나는 일은

누군가의

배경이 되어주는 것이다

욕심

욕심은 화를 부르고
마음을 다치게 합니다.

욕심은 비교하는 마음에서 시작해
시간이 갈수록 집착과 몽상
이기심으로 이어집니다.

결과는 상처로 남아
자신을 더욱 힘들게 합니다.

우리는 세상에 모든 것을
빌려 쓰는 것입니다.
돌아갈 때는 육체마저도 놓고 갑니다.

소유하려는 욕심보다
지금 내가 가지고 있는 것,
누리는 것에 감사할 때
행복을 누릴 수 있습니다.

욕심이 올라올 때마다

감사의 조건을 찾아보면 어떨까요?

우리는 세상에 모든 것을 빌려 쓰는 것이다.
돌아갈 때는 육체마저도 놓고 간다.

4장

축복의
통로로
가는 길

인생은 메아리

인생은 메아리입니다.
내가 하는 만큼
베푼 대로 다시 돌아옵니다.

세상에
긍정과 사랑의 씨앗을 뿌리면
거대한 인맥을 만나게 됩니다.

세상에
부정의 씨앗을 뿌리면
마음에 사악한 악마를 키우게 됩니다.

내가 먼저
웃음꽃을 피우면
주변에 나비처럼
좋은 사람들이 날아옵니다.

그리고 그들은
나를 위해 좋은 일을 하려고
날갯짓을 합니다.

인생에 정답이 없다고 하지만
좋은 일을 내가 행하면
그 모든 것들은 메아리가 되어
막힌 담을 뚫고 축복의 통로가 됩니다.

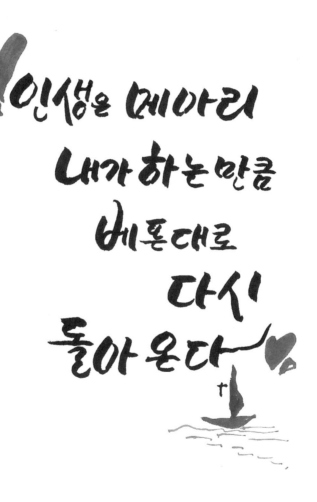

인생은 메아리
내가 하는 만큼
베푼대로
다시
돌아온다

웃음꽃

가성비 높은 행복은
웃음입니다.

마음의 웃음꽃을 활짝 피울 때
밝은 얼굴은
만나는 사람을 미소 짓게 하고
사람의 마음을 열게 합니다.

소리 내어 큰 소리로 웃다 보면
머릿속 생각의 잡동사니들이
사라지고 몸과 마음이 가벼워집니다.

행복은 멀리 있지 않습니다.
돈이 많이 들지도 않습니다.

그냥 미소 짓고
그냥 웃었을 뿐인데
행복이 우리의 마음에 노크합니다.

가성비 높은 행복은 웃음꽃이다.

참된 행복

일에 집착하면
극심한 피로와 마음의 곤고함으로
일의 효율이 떨어집니다.

열심히 노력하지만
알아주는 이도 없고
늘 낙오자가 된 삶을 살아갈 수 있습니다.

참된 행복은
가진 것에
감사하는 마음에서 출발합니다.

참된 행복은
가진 것을 나눌 수 있는
넉넉한 마음에서 시작됩니다.

참된 행복은
타인과 비교하지 않고
묵묵히 걸어가는
행보에서 시작됩니다.

참된 행복은 가진 것에 감사하는 마음에서 출발한다.

이타심으로 살아가는 행복

살아가면서 무의식적으로
내 관점에서 세상을 바라보며 살아
갈 때가 많습니다.

내 관점에서 세상을 바라보면
이기주의가 작동하고
늘 바라는 마음이 커지고
바라는 것을 해 주지 않으면 서운하고
속상한 마음도 커집니다.

아무리 노력해도
앞으로 나아갈 수 없는
퇴보로 이어지는 지름길이 됩니다.

다소 손해를 보더라도
타인의 입장에서 생각하고 배려하는
'이타심'으로 살아가다 보면
내면에서 올라오는 기쁨이 있습니다.
감사가 넘쳐나고 만족감과 자부심이 생겨
스스로 행복감을 느끼게 됩니다.

그것은 바로 축복의 통로로 들어가는
지혜의 길입니다.
그곳이 바로 천국입니다.

타인의 입장에서
생각하고
배려하는 마음으로
살아 가다 보면
스스로
행복감을 느끼게 된다

행복 스위치

우리는 행복을
막연히 멀리서 찾습니다.

허나
행복을 켜는 스위치는
내 안에 있습니다.

내 안의 행복 스위치는
타인이 아닌 자신만이
켤 수 있습니다.

내가 행복 스위치를 켜는 순간
몸의 행복 에너지가 구현됩니다.
삶의 지표가 달라집니다.

하지만 행복 스위치를
밖에서 찾는다면
행복은 내 것이 아니게 되고
무의미한 것이 될 것입니다.

감사한 마음으로

행복 스위치를 스스로 켜 보세요.

좋은 기운들이 나를 축복하고 있다는 것을

깨닫게 될 것입니다.

행복 스위치는 타인이 아닌 자신만이 켤 수 있다.

웃음꽃이 피는 한가위

그렇게
엄청난 태풍이 있었어도
그렇게
작열하는 태양이 있었어도
그렇게
모진 비바람이 있었어도

서서히 익어 가는 과일들을 보며
세상에 저절로 되는 것은
없다는 것을 배웁니다.

잘 견디며 열매 맺어 준
과일들이 고마운 것처럼
이번 한가위도 감사한 마음으로
잘 준비하고 맞이하면
오랜만에 만난 가족들과
웃음꽃을 활짝 피울 수 있습니다.

둥근달처럼 마음을 크고 넓게 쓰면
몸과 마음의 피로도 잊고

기쁨으로 가득 채울 것입니다.

둥근달처럼 마음을 크게 쓰면
몸과 마음의 피로도 잊고 기쁨으로 가득 채운다.

나를 귀하게 여기는 마음

행복이
딩동 하고 찾아왔습니다.

행복은
멀리 있지 않고 가까이에서
자신을 바라봐 주길 기다리고 있습니다.

행복은
자신을 귀하게 여기지 않는
사람에게는 머물지 않고
안개처럼 사라진다는 사실입니다.

내가 행복하지 않다는 것은
나를 귀하게 여기지 않은
마음 때문입니다.

자신을 더욱 귀하고 소중하게 생각하고
사랑으로 가득 채우는 멋진 날을 응원합니다.

행복은 자신을 귀하게 여기지 않는 사람에게는 머물지 않고
안개처럼 사라진다.

복을 짓는 자

인생이 잘 풀리려면
복을 많이 지어야 합니다.

복이란
뜻을 다하고
마음을 다하고
힘을 다할 때 나오는 좋은 결과입니다.

혹시,
많이 힘들고 어려우신가요?
지금이 가장 복을 지을 수 있는
가장 좋은 기회입니다.

힘들 때
어려움을 잘 견뎌 낸 후에
우리는 성취감, 뿌듯함으로 복을 받습니다.

힘들 때일수록
더 어려운 사람에게
잘해 주면 진정으로 복을 짓는 일이 됩니다.

힘들 때일수록 더 어려운 사람에게 잘해 주면
진정으로 복을 짓는 일이다.

마음의 크기

사람이 살아가면서
키워야 하는 것은
마음의 크기입니다.

마음의 크기가 큰 사람은
자신에게 닥쳐 온 시련마저도
즐거이 받아 감사의 재료로 사용합니다.

마음의 크기가 작은 사람은
불평불만과 시기, 질투,
욕심으로 가득 채워져
인생의 낙오자 또는 부적응자로 살아갑니다.

마음의 크기가 삶의 지표이고
인생의 질을 결정합니다.

바다처럼 넓고 깊은 마음에
기쁨, 감사, 사랑, 겸손, 지혜를 가득 담아
스스로 행복해지고 그 행복으로 선한 영향력을 발휘합니다.

마음의 크기가 삶의 지표이고 인생의 질을 결정한다.

긍정의 스위치

좋은 생각
잘되는 생각을 하면
뇌에는 긍정의 스위치가 켜집니다.

긍정의 스위치가 켜지면
모든 것이 술술 잘 풀리고
어려움을 견딜 수 있는
회복 탄력성이 강해집니다.

좋아하고 사랑하는 사람의 얼굴을 떠올리며
그에게 세상에서 가장 행복한 미소를 보냅니다.

마음에 쏙 들어온
좋은 문장을 소리 내어 읽고
메모장에 적으며
이미 그런 사람이 된 듯
상상의 나래를 펼쳐 봅니다.

내가 가진 재능을
타인을 위해 나누며

행복해하는 상대를 떠올려 봅니다.

이때 자신도 모르게 뿌듯함이 올라오고
더 큰 기쁨과 행복을 경험하게 됩니다.

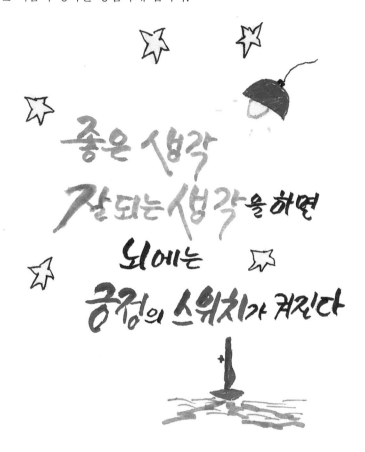

좋은 생각
잘 되는 생각을 하면
뇌에는
긍정의 스위치가 켜진다

행복은 지행합일

행복은
세 가지만 지키고 실천하면
넉넉하게 얻을 수 있습니다.

좋은 말을 하고
좋은 생각을 하고
좋은 행동을 하는 일입니다.

매일같이 세 구절을
마음속에 넣고 다니면
행복이 그냥 들어옵니다.

많이 배우고 익혀도
나쁜 말을 하고
나쁜 생각을 하고
나쁜 행동을 하면
행복이 머무를 수 없습니다.

가진 것마저 빼앗기고
필시 말년 운이 안 좋아집니다.

보약 같은 세 가지를 가지고

지행합일(知行合一)을 실천하면

행복이 스며들고 인생이 달라집니다.

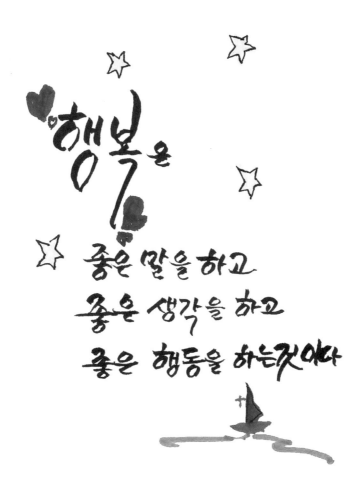

행복 리듬

행복 리듬이 꼬이면
될 일도 안 되고
안 될 일은 더 안 되는
경험을 해 보셨을 겁니다.

행복 리듬이
리듬을 잘 타는 방법
함께해 볼까요?

나로 인하여 누군가 단 한 명이라도
기쁘고 행복해질 수 있는
선을 베풀어 봅니다.

삶이 굴곡진
어려운 인생이었다 하더라도
꿋꿋이 자신의 일에 최선을 다 하고
충실하게 살아갑니다.

누구를 만나도 진실함으로
가슴 깊이 만나고

세상을 사랑스럽게 감동으로 바라봅니다.

행복 리듬을 잘 타면
삶은 활력 있고 건강해지며
뜨거운 욕망으로 도전하는
아름다운 삶이 되리라 확신합니다.

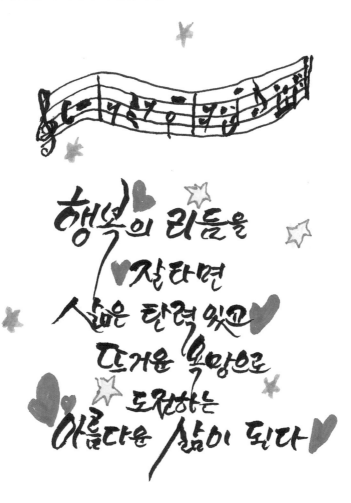

내 삶의 이력서

또 웃자구요?
네, 늘 미소 짓고 웃어야 합니다.

우리가 매일 숨 쉬듯이
늘 미소 지을 때
우리의 얼굴이 밝아지고
만나는 사람을 기분 좋게 합니다.

나이가 들어 갈수록
잘 웃는 사람은
넉넉한 모습으로
만나는 사람에게 편안한 느낌을 줍니다.

늘 미소 짓고
많이 웃는 사람의 얼굴은
인생을 잘 살았다는
아름다운 삶의 이력서가 됩니다.

지금 나의 이력서는 어떤가요?

많이 웃는 사람의 얼굴은
인생을 잘 살았다는 아름다운 삶의 이력서다.

영원한 것은 없다

세월이 지나고 나면
힘들고 고통스러웠던 일도
지나간다는 것을 깨닫습니다.

원수처럼 보기 싫었던 사람도
실패로 죽을 것 같은 절망감도
도저히 견딜 수 없는 이별의 슬픔도 말입니다.

영원한 것이 없다는 것을 깨닫는다면
어떤 어려움도 웃음으로 넘길 수 있습니다.
한바탕 크게 웃고 나면 이 또한 지나갑니다.

영원한 것이 없다는 것을 깨닫는다면
어떤 어려움도 웃어넘길 수 있다.

행복의 문

희망의 아침이 열립니다.
나는 어떤 문을 열고 출발하나요?

어떤 이는 행복의 문을 열고
어떤 이는 불행의 문을 엽니다.

이 세상에 존재하는
행복과 불행은 오로지
내가 선택하는 것입니다.

그 누구에게나 고난과 환란이 오지만
행복을 선택한 순간
삶의 에너지가 달라집니다.

나 자신의 환경을 사랑하고
현재에 충실할 때
금쪽같은 행복한 미래가 올 것입니다.
"나는 희망입니다."
"나는 소망입니다."
"나는 행복합니다."

100번 외치고 다녀 볼까요?

말대로 행복의 아우라가 생기고

삶의 여유가 저절로 찾아올 것입니다.

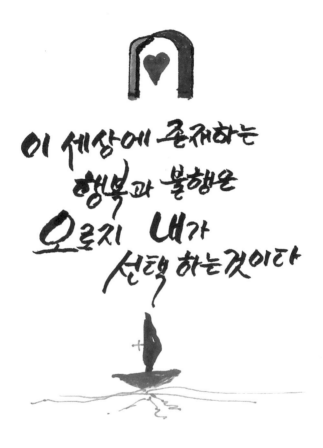

이 세상에 존재하는 행복과 불행은 오로지 내가 선택 하는것이다

이곳이 있어 참 좋다

행복으로 채워 주는
이곳이 참 좋습니다.

감사한 마음을 느끼게 하는
이곳이 참 좋습니다.

잘될 수 있도록 뜨겁게 응원해 주는
이곳이 참 좋습니다.

나의 마음을 표현할 수 있는
이곳이 있어 참 좋습니다.

내적, 외적, 영적으로 성장시켜 주는
이곳이 있어 참 좋습니다.
바로 '봉숭아학당 문화혁신학교'가 있어 참 좋습니다.

봉숭아학당 문화혁신학교와 가족들이 있어 참 좋다.

함께 나누는 삶

치약은 사용할 때마다
자기 살이 용해되면서
거품으로 변합니다.

그때마다 우리에게
깔끔함을 선물하며
상쾌한 향까지 제공합니다.

사람의 삶도
헌신하는 것처럼
고결한 삶이 없습니다.

내가 먼저 나누는 삶은
하루하루가 즐겁습니다.

치약이 거품을 내어
입안을 개운하게 하는 것처럼
가장 좋은 인간관계는
절대적인 헌신과 나눔입니다.

가장 좋은 인간관계는
절대적인 헌신과 나눔이다.

복을 짓는 리더의 삶

ⓒ 성창운, 2023

초판 1쇄 발행 2023년 7월 19일

지은이	성창운
펴낸이	이기봉
편집	좋은땅 편집팀
펴낸곳	도서출판 좋은땅
주소	서울특별시 마포구 양화로12길 26 지월드빌딩 (서교동 395-7)
전화	02)374-8616~7
팩스	02)374-8614
이메일	gworldbook@naver.com
홈페이지	www.g-world.co.kr

ISBN   979-11-388-2111-7 (03810)

- 가격은 뒤표지에 있습니다.
- 이 책은 저작권법에 의하여 보호를 받는 저작물이므로 무단 전재와 복제를 금합니다.
- 파본은 구입하신 서점에서 교환해 드립니다.